Pedro Maciel

COMO DEIXEI DE SER DEUS

posfácio
ANTONIO CICERO

Z|edições
Edição de ebooks
www.zedicoes.com

Imagens:

Capa: Obra "Desvio para o vermelho", de Cildo Meireles, foto de Tibério (Instituto Cultural Inhotim, MG).

Página 9: "Glover Trotter", de Cildo Meireles; foto de Edouard Fraipont

Página 135, "Fontes", de Cildo Meireles; foto de Wilton Montenegro (Galeria Luisa Strina).

Foto do autor: Muirhead

Como deixei de ser Deus é uma história extraordinária. Pedro Maciel apresenta máximas, epigramas, fragmentos, reflexões e sacadas para todos os efeitos, desde o sorriso até o espanto, passando pela admiração, o deleite, a inspiração e, em alguns casos, o "ahn?". Enfim, uma mente livre exercendo a sua liberdade. Sempre um espetáculo fascinante.

Luis Fernando Veríssimo

O conhecimento absoluto não está ao alcance do homem, e tudo o que ele sabe são migalhas mendigadas ao real: fragmentos que, quando felizes, apenas evocam o inatingível. Contudo, para alcançá-los, é preciso já ter acordado do sonho de ser Deus e abraçado a finitude e a temporalidade. Será talvez por isso que, de certo modo, é o tempo o verdadeiro tema desse livro que pode ser considerado como uma espécie de *Bildungsroman,* isto é, de romance de educação ou formação. Pode-se dizer que é justamente a intensa capacidade de instigar a sensibilidade, o pensamento e a imaginação que constitui um dos maiores encantos de *Como deixei de ser Deus.*

Antonio Cícero

Como deixei de ser Deus foi para mim uma gratíssima surpresa, pela originalidade, pela profundidade e pela transcendência do texto.

Moacyr Scliar

O homem é um deus quando sonha, mas um
mendigo quando reflete.
Hölderlin

Deus é a alma dos brutos.
Anônimo

Sem Deus tudo é nada;
e Deus? Nada supremo.
E. M. Cioran

Prólogo

(...): algumas civilizações foram extintas num piscar de olhos. *Nós, civilizações, sabemos agora que somos mortais.* **O mundo encontra-se em permanente movimento; as condições climáticas estão se deteriorando rapidamente.** *O homem julga a natureza absurda, ou misteriosa, ou madrasta. Mas a natureza não existe a não ser pelo homem. Devemos agir de modo a nunca transgredir as leis universais da natureza; mas, salvaguardadas essas leis, devemos conformar-nos à nossa natureza individual.* **Tudo é temporário. Não dê ouvidos aos adivinhos. Não há um mundo a descobrir. O mundo já está descoberto.** (...): esse mundo parece-me não ser meu mundo.

3

O pensamento é o espírito do tempo. Quem você pensa que é? — *Paisagens, isto é, ninguém.*

7

Ele pensa que é Deus, mas não passa de um pobre Diabo. (...): **loucos guardam tristezas ancestrais.**

8

O que nos impede de construir pontes sobre os vazios? **Metafísica é recordar o mundo; física é lembrar do mundo o tempo todo.**

9

- Sereis como os deuses, conhecendo o bem e o mal. **Por mim, só existiriam deuses humanos; deuses já são por demais desumanos.**

10

(...) ainda ouço o rumor do universo na passagem de uma nuvem. *Ele é um místico sem Deus.*

11

'Tempo' é a história da imagem e a memória da paisagem. **A memória sempre inventa esquecimentos.**

13

Tales, o primeiro a inquirir sobre as divindades, considerou Deus como um espírito que da água fez todas as coisas. **Alcmeão deu divindade ao Sol, à lua, aos astros e à alma.**

14

Pitágoras fez Deus um espírito espalhado pela natureza de todas as coisas de que nossas almas emanam; **Parmênides, um círculo cercando o céu e sustentando o mundo com o calor da luz.**

15

(...) a luz, como a lua, imaginam o céu azul. **A sombra do Sol sobra no *tempo*.**

16

Empédocles dizia serem deuses os quatro elementos de que todas as coisas são feitas; Demócrito, ora que os signos celestes, constelações e seus movimentos circulares são deuses, ora a natureza que projeta essas imagens, e depois nossa ciência e entendimento.

17

Platão dispersa sua crença por diversas formas: diz no 'Timeu' que o pai do mundo não pode ser designado; em 'As leis', que não devemos inquirir sobre seu ser; e em outros momentos, nesses mesmos livros, faz deuses o mundo, o céu, os astros, a Terra e nossas almas. **Graças a Deus que ninguém é Deus!**

18

Mitos me entediam; você me entende? **O Diabo é uma versão de Deus; Deus é um verso do Diabo.**

19

Espeusipo, sobrinho de Platão, diz que Deus é uma força determinada que governa as coisas, e que ela é animada; *Estrâton, que ele é a natureza com força para gerar, aumentar e diminuir, sem forma nem sentimento.*

20

Xenócrates diz que há oito deuses: os cinco nomeados entre os planetas, o sexto composto de todas as estrelas fixas como sendo seus membros, o sétimo e o oitavo o Sol e a lua. **Diógenes de Apolônia diz que Deus é o tempo.**

21

(...): não me importo com as coisas perdidas mas com o tempo perdido. **O vento nunca devolveu o meu tempo.**

22

Ariston considera incompreensível a forma de Deus, priva-o de senso e igno-ra se ele é animado ou outra coisa; *Cleantes, ora a razão, ora o mundo, ora a alma da natureza, ora o calor supremo que cerca e envolve tudo.*

23

Perseu, discípulo de Zenão, sustentou que haviam sido cognominados deuses aqueles que trouxeram algum benefício notável para a vida humana. **Deus é o único ser que, para reinar, nem precisa existir.**

24

(...); deuses não têm Deus quando lembram dos homens. **O esquecimento é uma alegoria da memória.**

25

Crisipo fazia um apanhado confuso de todas as opiniões anteriores e incluía, entre mil formas de deuses que considera, também os homens que são imortalizados. **(...) tem um terrível poder quem venera os deuses.**

26

Os deuses, não existindo mais, e o Cristo não existindo ainda, houve, de Cícero a Marco Aurélio, um momento único em que só existiu o homem. **(...): no fundo do seu coração, o homem aspira a reencontrar a condição que tinha antes de possuir consciência. A história é meramente um desvio que ele toma para chegar lá.**

27

O meu irmão mais novo se matou para tornar-se Deus. *(...) por enquanto este é ainda o tempo da tragédia, o tempo das morais e das religiões.*

28

**: pelo amor de Deus se vai ao Infer-
no.** Deus é um *bom Diabo.*

29

*Quanto a mim, sempre pensei que existem deu-
ses, e proclamarei isso sempre; mas não creio que
eles se preocupem com o que fazem os homens.*
**Viver com o tempo suspenso, como
um deus.**

30

**(...); há 'séculos' ninguém anuncia o
fim do mundo.** *Eu sou o meu mundo.*

31

(...): das divindades a que se deu um corpo, para que o povo tivesse uma religião, em meio a esta cegueira universal, parece-me que eu me teria ligado mais facilmente aos que adoravam o Sol **Um dia, fora do espaço e do tempo, vou saber onde é ainda, por que é quando, e se lá é Sol.**

32

Eu sou o Alfa e o Ômega, o princípio e o fim, diz o Senhor Deus: aquele que é e que era, e que há de vir, o Todo-Poderoso. **Se Deus existisse todo mundo ficaria sabendo.**

33

O esquecimento como um passatempo. **O olho da memória, com o tempo, começa a usar óculos.**

34

Místicos 'pensam' que a realidade está além do pensamento. **Penso muito no pensamento (...).**

35

O espírito permanece no tempo e não no espaço. *Jamais tive outro cárcere além do meu corpo.*

36

(...) utopia: *busquem antes o reino de Deus, e todo o resto lhes será dado.* **Por um dia acreditei que tudo podia.**

37

O pensamento está sempre além do corpo. **A linguagem é a máscara do pensamento.**

38

(...); cometas já nascem com suas metas traçadas. *Nada mais enganador que a superstição, que encobre seus crimes com a vontade dos deuses.*

39

'Eu' morri em 2046. *Não há entre o céu e nós uma aliança tão grande que com nossa morte a luz dos astros deva morrer também.*

40

(...): ele reparava atentamente em todo relâmpago que mergulhava no lago; fazia questão de medir a extensão dos raios para desvendar com quantos espelhos se esclarece uma noite. **A hora dele não é deste tempo. Ontem ele deu um perdido no passado e correu para se adiantar mas não parou lá adiante como se fosse um antes.** Continuou percorrendo, correndo, vivendo e morrendo todo dia. Todo dia é uma memória.

41

O sonho, essa fuga da solidão. *Muitas vezes não diferencio mais meu pensamento de antes do sono. Não sei se dormi.*

43

(...): se não há sonho, há muitas realidades a serem realizadas. **O pesadelo é um oráculo.**

44

(...); acordei com um murmúrio incessante, uma voz que não ouvia há tempos, barulhos de ventos invisíveis; rumor quase inaudível. **Herdamos dos antepassados o sentimento e não o pensamento.**

45

Ele não sabe quem foi, quem é e quem pode ser. *Às vezes ele olha para si como se ele fosse outro apesar de ser o mesmo de sempre.*

46

Nunca cismo com os meus abismos. **Outro dia encarei por muito tempo o Sol; quase me ceguei.**

47

Às vezes me sinto como Dante voltando do Inferno. Há cabeças que, mesmo cortadas, emitem pensamentos.

48

Ele pôs fim à própria vida por uma questão de princípios. *Se, na hora da morte de um homem, toda a compaixão dos outros homens se juntasse para impedi-lo de partir, esse homem não morreria.*

49

(...): sobreviver além do meu tempo. **O tempo já não me é *tão longe de tudo*.**

50

Eu não sou deste mundo. (...): *no mundo é preciso viver com o mundo.*

51

(...): ele passa horas debaixo da sombra de uma árvore reparando a sua própria sombra. **A minha sombra nunca usa máscara.**

52

Ele chegou ontem mas já roubou o tempo de todo mundo, como sempre. **O dia de hoje já vai tarde.**

54

Não perca tempo com retardados! **Os tempos são remotos; só a vida é recente.**

55

— O dia-a-dia (o tempo) é a história da memória. Não sei se volto ou revolto.

56

O silêncio, espaço interior do tempo. *Sei que tenho o melhor tempo e espaço - e que nunca fui medido, nem jamais poderei ser.*

57

(...): devo ser cremado e as cinzas jogadas ao vento. Não me enterrem em jardim de ervas daninhas e eras já sem memórias; *vem-me lembranças que não desejo e não me vem o esquecimento que desejo.*

62

Quase todo mundo fala de si mesmo como se fosse o melhor dos seres humanos. *Nada é tão difícil quanto não se enganar a si próprio.*

63

Eu olho o céu como se nele se ocultasse uma das portas do Inferno. **Cegos derrubam estrelas.**

65

(...); do que mais sofri? *Talvez do costume de desenvolver todo o meu pensamento - de ir até o fim dentro de mim mesmo.*

66

(...); há os que, na lua minguante, crescem o olho em cima dos outros. **Cultivai um inimigo para um dia perdoá-lo.**

67

(...) não há um argumento que não tenha um contrário. ***A contradição move o mundo, todas as coisas contradizem a si mesmas.***

68

(...): um dia ele vai atentar contra o tempo.

O tempo é uma fábula do pensamento.

69

Ando perdendo tempo, como Marcel Proust. *O tempo passa no momento em que algo está longe de mim.*

70

(...) no princípio, criou deuses os céus e a Terra. *Tentei escrever o Paraíso, não se movam, ouçam falar o vento, esse é o Paraíso (...).*

72

O diário, este tempo onde se esconde da vida. *O tempo corre no meio da noite.*

73

(...); ainda tento ouvir a explosão que teria dado origem ao cosmo. *Peço a Deus que me livre de Deus.*

74

: nos últimos tempos o Sol anda só com a cabeça nas nuvens. Admiro as nuvens que veem de longe e que não sei para onde vão.

75

Paisagem - (ilusão da imagem). Um infinito para cada olhar.

76

(...): astrofísicos, matemáticos e músicos não podem se livrar de suas abstrações exatas. É *normal eu me sentir estranho.*

77

Lírica: a lógica tem a sua mágica. *Já foi dito que Deus poderia criar tudo, salvo o que contrariasse as leis lógicas. — É que não seríamos capazes de dizer como pareceria um mundo "ilógico".*

78

De vez em quando o mundo se abisma. (...); *te vi onde não sou senão a Terra e o céu.*

79

(...): *antes nada sabiam da glorificação do pensar em outros, do viver para os outros, que é agora habitual.* **Desconheço humanista que seja moralista.**

80

(...), *um homem médio dificilmente se importa com outro ser vivo com a mesma intensidade e persistência que ele demonstra por seu automóvel.* **O moralista é imoral.**

81

(...); *de acordo com a nossa moda moral, eles teriam de ser chamados imorais, pois lutaram com todas as forças por seu ego e contra a empatia com os outros (sobretudo com seus sofrimentos e suas fraquezas).* **A moral; pura psicologia.**

82

Ninguém gosta de tomar lição de moral; eu gosto de tomar coca-cola. (...) eu só tenho feito o que me dá vontade de fazer; a vida parece-me perfeita.

83

Os vícios de antes tornaram-se os costumes de agora. **Por que voltar a ser eu mesmo?**

84

O moralista tem memória curta. *Do ponto de vista moral, nós vivemos ainda na era neolítica, quer dizer, não somos completamente rudes e, no entanto, não saímos de um estágio da maior rusticidade ou que possa justificar qualquer celebração.*

85

Orlando passava horas e horas olhando as olheiras de Virgínia. *Os olhares do tempo.*

86

Eu vivo às cegas. **Minha sombra olha por mim.**

87

(...); o próximo nos guia para longe de nós mesmos. Não mais esquecemos das coisas passageiras, após lembrá-las.

88

Meu amigo Virgílio se afogou tentando salvar Ulisses e Penélope. O mar não estava pra peixe.

89

Serão os ventos do mar o pensamento dos deuses? *Quando eu morrer voltarei para buscar os instantes que não vivi junto do mar.*

90

(...); hoje tirei o dia para viver sensações instantâneas: sensações que são a percep- ção de um tempo que originou o mundo e, desde então, quase tudo é sucessivo. *Deuses, não me julgueis como a um deus e sim como a um homem devastado pelo mar.*

91

Há dias que demoram mais nos outros. A existência como passatempo?

92

– É sempre bom manter uma certa distância do próximo. *Após certos acessos de eternidade e de febre, nos perguntamos por que razão não nos dignamos ser deus.*

93

O tempo presente já vai longe da gente. Horas paradas; vento nas folhas.

95

Crepúsculos de abril não têm luz própria. *Conheço muito bem os meus abismos de luz.*

96

Como não duvidar dos relâmpagos? Amanha fica pra amanhã!

97

Passear com a nuvem já sem ar. **O céu finge que dorme.**

100

Ele é 'deslumbrado' como qualquer 'deus'. Ando desconsolado com a minha solidão; já não me sinto tão só.

101

(...); o que perdi senão o tempo? *Ninguém viveu no passado, ninguém viverá no futuro; o presente é a forma de toda vida.*

102

O que não é pensado também é pensamento. *Nunca pensamos que o que pensamos esconde de nós o que somos.*

115

(...): ele reparava atentamente em todo relâmpago que mergulhava no lago; fazia questão de medir a extensão dos raios para desvendar com quantos espelhos se esclarece uma noite.

116

A hora dele não é deste tempo. Ontem ele deu um perdido no passado e correu para se adiantar mas não parou lá adiante como se fosse um antes.

117

(...) continuou percorrendo, correndo, vivendo e morrendo todo dia. **Todo dia é uma memória.**

119

Idiotas nunca mentem. *Um homem é sempre vítima de suas verdades.*

120

O pensamento inventa a linguagem; a lembrança reinventa a paisagem. *A vida é filosofia real e a filosofia é vida ideal.*

121

Ontem visitei a cidade em que nasci; ninguém me reconheceu. *Deus não se revela 'no' mundo.*

139

Nunca busquei um lugar a ser chegado. Pergunto em vão aonde chegar. **Só o tempo chega!**

143

(...): loucos nunca puderam circular livremente pelo centro ou arredores da minha cidade. Muitos morreram fingindo lucidez.

146

O que me faz rir não são as nossas loucuras; são os nossos saberes. **Que quer o tempo? Suspirar. Que quer o templo? Guardar.**

151

As lembranças aprenderam a se despedir. **Todo esquecimento é fingimento do pensamento.**

158

(...): tantas vezes minhas palavras eram para não ser ditas; tantas vezes a razão está em calar-se. **O silêncio ensurdece a dor.**

159

(...); ainda era de madrugada quando ouvi as primeiras frutas amadurecendo o dia. A minha sombra não gosta de tomar Sol

166

Tarde: finito cai no tempo certo. *Preciso de tempo para ser breve.*

167

Vivo improvisando lembranças. **Há momentos em que penso sem pensamentos.**

168

A realidade, este tempo recente; **metáfora da existência.**

178

A memória é o delírio do louco. As lembranças falam por mim; ouço tudo em silêncio.

180

Onde eu posso ser apenas um ser abstrato? Quando a palavra recupera o seu sentido exato?

187

(...); a consciência de sentir-se feliz. *Por que é que, para ser feliz, é preciso não sabê-lo?*

193

Desaprender: ensinar a si mesmo.
Quem acredita que nada podemos saber não sabe sequer se sabemos o suficiente para afirmar que nada sabemos.

197

O sonho, esse tempo em que sou ninguém. **(...); agora vou me concentrar para abrir os olhos e não perturbar a paisagem.**

256

Toda existência é uma lenda do tempo. *Entre o fantasma e eu, parecia-me que um de nós devesse desaparecer...*

333

(...): Deus, inspiração dos pirados.
Ler poemas em voz alta irrita os deuses aposentados.

488

Procuro-me! **Tenho todos os sonhos do mundo; só não sei como realizá-los.**

500

Olhar-paisagem: o 'tempo' é de ninguém. **Que há nessa ensolarada sombra senão eu?**

525

Ontem inventei de não existir dentro de mim. Não demorou muito tempo.

545

Toda a história é uma conversação diária. **O passado como promessa.**

547

Um homem sem esperança e consciente de sê-lo não pertence mais ao futuro. **Ele fez da desesperança uma crença.**

552

**Dia sem nuvem, claro, azul; é a pas-
sagem do tempo.** *Olhemo-nos nos olhos
(…).*

566

A escuridão, esse vão do tempo. *Morrer, dormir, talvez sonhar.*

595

**(...), o diário diz quase tudo; a vida
como única saída.** *Eu quero viver no par-
ticípio imperativo do futuro, na voz passiva - no
"deve ser".*

650

(...), o sentimento é sempre um pensamento que não teve tempo para se expressar de outra maneira. *A expressão começa onde o pensamento acaba.*

677

(…); pensar é reaprender a ver, dirigir a própria consciência, fazer de cada imagem um lugar privilegiado. **Às vezes imagino lembranças sem imagens.**

705

A memória, rio que desagua e desaparece. **O tempo perdido; a vida em dia.**

753

(...); *o que são ainda essas igrejas, se não os mausoléus e túmulos de Deus?* **Sou o Deus de mim mesmo.**

770

Deus nada pode sem nós. **O sonho de Deus é viver a minha vida.**

807

Sociologia: levar uma vida de esquecimentos. Há certos dias em que me levo para fora de mim mesmo.

828

É preciso ter fé na desesperança. Não espero nada dos deuses; eles também não esperam nada de mim.

900

(...): ainda não vi nenhuma imagem que não seja recordação de uma paisagem. *Eu sou a consciência da paisagem.*

913

Quem colhe uma flor perturba uma estrela. **(...); a delicadeza do espírito de porco.**

(...): *palavras vão aonde vai o pensamento;* pensamentos desandam a pensar, andam quase sem parar, não se sabe por quê, se é de solidão, se é de paixão. Será que esse pensamento tem a ver com o que estou pensando? **A linguagem sempre esconde o pensamento. Pensando bem, precisamos parar pra pensar.** Ninguém pode nos salvar dos nossos pensamentos.

929

(...): quando me encontro a sós, preencho os vazios deixados pelos outros. **Silenciar para desencantar.**

931

Cada noite é um oriente. O dia, como uma eternidade.

937

Não penso em voltar do 'além' para reviver o que já 'era'. **A eternidade já é.**

977

Meu Deus, por que me abandonastes? **(...) no fundo do lago, um náufrago.**

999

(...): o tempo sempre anda mais devagar do que o pensamento. **Pensamos que somos eternos.**

1020

O tempo é paisagem, porque é espaçamento. (...); às vezes não sei se o tempo é imaginado por mim ou se é vivido em mim.

1144

Esperança: antropologia do sentimento, pensamento dos desesperados. **Pode-se dizer que a sua esperança é a desgraça do seu destino.**

1146

Ele inventa outros nomes para as coisas; chama manhã de pedra, tarde de luz e noite de penumbra. *Não no tempo, senão no tempo, Deus criou os céus e a Terra.*

1148

: alma precisa atormentar-se para se manifestar. *Deuses não devem permanecer sem teto, e as almas, sem espetáculos*

1159

As pessoas se dirigem a Deus para obter o impossível. **Para o possível, os homens bastam.**

1163

Há otimismo demais nos ignorantes! *Aquilo que os homens têm mais dificuldade em compreender, desde os tempos mais remotos até o presente, é a sua ignorância acerca deles mesmos!*

1164

Pensadores vivem se queixando de dores de cabeça. Sonhar e, depois, lembrar: eis o pensamento.

1200

Você poderia devolver a minha revolta? **Somos exilados do nosso próprio tempo, segundo a teoria da relatividade.**

1210

Toda lembrança deslembra-se em outra lembrança. **Esquecimentos memoráveis.**

1220

Desilusões: algumas ilusões já nascem sem luz. **Sombras deveriam nos acompanhar apenas nas horas vagas.**

1225

Por que tanto esforço em ser como eles?
Um dia serei eu o outro.

1227

: entretempos geram contratempos.
Os tempos como sentença.

1229

(...); coisa vil e abjeta é o homem, se não se ele-var acima da humanidade. **O sofrimento dos poetas, artistas e dos santos toma-se o estrume espiritual da humanidade.**

1230

(...): fim do mundo: ruminação das manhãs. Ressurreição dos mortos. Lamentações. Rios de lágrimas. Sacrifícios humanos. Exercícios de estilos. Jogos de azar. Ponderações de Fedro. Evocações mitológicas. A lógica da ciência. A inutilidade da astrologia. **Consciência de tudo. *Continuum* do tempo; história. O tempo todo; existência. Derradeira hora. A hora do infinito. Todo o tempo do mundo.**

1259

Destino nem sempre tem sentido. *O caráter de um homem é seu destino.*

1265

Cada tempo é uma história. **Todo fim é uma imensidão.**

1270

(...): o Sol anda secando o solo encharcado de minhas sombras. A sombra, ilusão do tempo.

1300

(...); hoje pensava alto quando uma abelha destrambelhada caiu na minha sopa. *O homem pensa e Deus ri.*

1303

: desassombrar no tempo a solidão. O infinito, esse tempo perfeito da solidão.

1313

Quando nasci, os deuses já estavam mortos. *Se eu pudesse, dedicaria este livro a Deus.*

1321

Quantos de meus leitores percebem que estes escritos podem ser entendidos da forma que se desejar? *A minha ambição é dizer em dez frases o que qualquer outro diz em um livro — o que qualquer outro 'não' diz em um livro.*

1322

(...): há escritos tão sonoros que podem ser lidos de olhos fechados. *O verdadeiro leitor tem de ser o autor amplificado.*

1325

(...), não escrevo sobre a minha vida porque creio que vivo uma outra vida quando escrevo. *Quando as histórias são contadas de maneira adequada não há mais necessidade de romances.*

1333

Encontro-me porque já não te procuro? *No inverno sou budista e no verão sou nudista.*

1337

Há sombras que vivem suspensas no tempo. **Desassombrar; pisar de leve nas sombras.**

1339

Entretempo: sempre penso naquele espaço do tempo entre ser e não ser. **Ele parece ser de um outro mundo que não o nosso.**

1340

(...): *palavras vão aonde vai o pensamento;* **Pensamentos desandam a pensar, andam quase sem parar, não se sabe por quê, se é de solidão, se é de paixão.**

1344

Será que esse pensamento tem a ver com o que estou pensando? **A linguagem sempre esconde o pensamento.**

1353

Pensando bem, precisamos parar pra pensar. **Ninguém pode nos salvar dos nossos pensamentos.**

1363

Estou a um passo de tornar-me um ser humano. Por muito tempo me sentia como se fosse um deus qualquer.

1365

Um deus para cada morto. *Nasci 'muitos' e morri 'um' só.*

1366

Por que se vive toda uma vida sem saber por quê? *O tempo vai-se, e os anos chegam…*

1500

Encontro-me perto das minhas lonjuras. **(...) poetas sobrevoam abismos.**

1600

Tudo é filosofia mas nem tudo é poesia. *A filosofia poderia ser mais bem expressa como poesia.*

1700

Quanto tempo perdido recolhendo recordações? **Há dias que são como poemas, não servem para nada.**

1730

(…); das operações do espírito, a menos frequente é a razão. Ele vagava de manhã à noite tentando dar sentido ao nada.

1733

A loucura é uma máscara; *não culpes o espelho por tua cara retorcida.*

1821

Ele só recuperou a saúde mental depois de dar adeus aos deuses. **O pensamento é o sentimento do mundo, não do tempo.**

1907

Tudo na vida é por aproximação: da matemática ao amor. *O tempo deixo ao vento.*

1908

Meditar; editar-me. Ele nunca diz o que sente ou o que pensa.

1909

O que eles sabem de mim? *Cada um forja um deus para si.*

1959

O mundo nem sempre renasce quando amanhecemos. **(...): amanhã vou presenciar a minha ausência.**

1968

(...): o fim dos tempos anuncia outros enfins. Meu fim está no meu começo e meu começo no meu fim.

1979

(...): fim do mundo: ruminação das manhãs. Ressurreição dos mortos.

2000

(...): lamentações. Rio de Lágrimas. Sacrifícios humanos. **Exercícios de estilos. Jogos de azar.**

2009

Ponderações de Fedro. Evocações mitológicas. **A lógica da ciência. A inutilidade da astrologia.**

2027

Consciência de tudo. *Continuum* do tempo; história. O tempo todo; existência. Derradeira hora. A hora do infinito. Todo o tempo do mundo.

2033

**O Sol tem uma sombra tão iluminada
que se vê à luz da noite.** Algumas civilizações foram extintas num piscar de
olhos.

2041

Não dê ouvidos aos adivinhos. **(...) não
há um mundo a descobrir.**

2046

O mundo já está descoberto; esse
mundo parece-me não ser meu mundo.

A todos e a ninguém.

Posfácio

Como deixei de ser Deus parece o título de um livro de memórias ou de um romance. Ao abri-lo e folheá-lo, porém, a primeira impressão que se tem é de que se trata de um livro de aforismos. Entretanto, enquanto um aforismo é algo completo em si mesmo, vários dos sintagmas que compõem *Como deixei de ser Deus* são fragmentários. Assim é, por exemplo, o sintagma n° 7, que diz "Ele pensa que é Deus, mas não passa de um pobre Diabo. (...): **loucos guardam tristezas ancestrais**". As reticências entre parênteses indicam que se trata de um fragmento. No interior desse fragmento mesmo, o uso de negrito após os dois pontos estabelece uma distinção enigmática entre seus dois componentes: talvez a sentença em destaque seja hierarquicamente superior à outra; talvez consista numa citação; ou talvez não seja nada disso, e haja outra explicação, com a qual ainda não atinamos, para o realce. De todo modo, esse artifício acentua o caráter fragmentário do sintagma em questão.

Algo análogo deve ser observado no que diz respeito ao livro como um todo. Há, naturalmente, algo de aberto em todo livro de aforismos. Pode-se supor que seria possível suprimir e/ou adicionar determinados aforismos a tal livro, sem que ele perdesse o seu teor, isto é, a unidade específica da sua totalidade. Entretanto, por essa mesma razão, não se pode, normalmente, dizer que um livro de aforismos não constitua, à sua maneira, uma totalidade. Ora, também nesse ponto, *Como deixei de ser Deus* difere dos livros tradicionais de aforismos. Seu próprio prólogo é fragmentário. Além disso, o livro começa com o aforismo nº 3, do qual salta para o número 7, de onde vai, pela ordem natural de sucessão, até o nº 41, de onde salta para o nº 43, etc. Assim, embora, segundo meus cálculos, o livro contenha cerca de quatrocentos aforismos, o último é o de número 2046. *Como deixei de ser Deus* se apresenta, portanto, como se constituísse uma seleção de fragmentos - e, muitas vezes, como vimos, de fragmentos de fragmentos - de um livro ou caderno ao qual não temos acesso. Aqui tocamos na diferença entre o aforismo e o fragmento: nem o aforismo nem o livro de aforismos apontam necessariamente para outra totalidade, além daquela que eles próprios constituem; já o fragmento aponta para uma totalidade - ainda que perdida, ou a ser conquistada, ou fictícia, ou todas essas coisas - ausente, da qual ele é o fragmento.

A totalidade ausente pode ser um livro de aforismos; mas também pode ser um caderno de anotações ou um diário ou um livro de memórias; e pode ser concebido como tendo sido escrito pelo próprio autor ou por um personagem seu: pode, em outras palavras, ser factual ou ficcional. Será importante, para o leitor, escolher uma dessas possibilidades, excluindo as demais? Não creio. Importante é que todas elas se deem a ele. É o que se revela na esclarecedora confusão do fragmento nº 929: "(...), não escrevo sobre a minha vida porque creio que vivo uma outra vida quando escrevo". Além disso, assim como os aforismos, os fragmentos de aforismos, sendo ao mesmo tempo pensamento e imagem, entendimento e sentimento, particularidade e universalidade, escapam a todo gênero.

Desse modo, voltamos à primeira impressão que mencionamos, isto é, que *Como deixei de ser Deus* constitua um livro de memórias ou um romance. A nos orientarmos pelo título, trata-se de um livro que descreve o processo (real ou fictício) pelo qual o narrador (real ou fictício) deixa (no sentido literal ou metafórico) de ser Deus. O fragmento nº 1363 parece confirmar essa tese. Ele diz: "Estou a um passo de tomar-me um ser humano. Por muito tempo me sentia como se fosse um deus qualquer". Nessa linha. *Como deixa de ser Deus* pode ser tomado como uma espécie de *Bildungsroman*, isto é, de romance de educação ou formação, fragmentariamente relatando o processo — ele mesmo fragmentário — através do qual alguém se torna ou se aceita como um ser humano.

Se embarcarmos nessa interpretação, a epígrafe de Hõlderlin — "O homem é um deus quando sonha mas um mendigo quando reflete"—,cujo primeiro sentido, para o poeta alemão, era o de exaltar a imaginação, em comparação com o entendimento, deve, recontextualizada, adquirir outra significação. Nesse caso, se o homem é um deus quando sonha, é porque sonha ser Deus. Ao acordar e refletir, porém, ele se conhece e reconhece a sua finitude e temporalidade, em oposição à infinitude e à eternidade com que sonhava. Como diz o fragmento n° 1733, "Ele só recuperou a saúde mental depois de dar adeus aos deuses". Também a onisciência era um sonho. O conhecimento absoluto não está ao alcance do homem, e tudo o que ele sabe são migalhas mendigadas ao real: fragmentos que, quando felizes, apenas evocam o inatingível. Contudo, para alcançá-los, é preciso já ter acordado do sonho de ser Deus e abraçado a finitude e a temporalidade. Será talvez por isso que, de certo modo, é o tempo o verdadeiro tema desse livro.

Mas que o leitor não se engane: estimulado por alguns dos seus pensamentos, acabei não resistindo aqui à tentação de exprimir, ainda que de modo muito esquemático, a minha própria interpretação de determinado aspecto de *Como deixei de ser Deus*. Entretanto, trata-se apenas de uma das inúmeras interpretações possíveis. No fragmento n° 1321, o autor se pergunta: "Quantos dos meus leitores percebem que estes escritos podem ser entendidos da forma que se desejar?" Respondo: os verdadeiros leitores.

Cada um deles irá, sem dúvida, questionar
por si próprio cada fragmento: perguntar-se
se ele é verdadeiro; em que medida; de que
modo se articula com os demais; a que outros textos alude; quais são as consequênci-
as que dele derivam; etc; e o mesmo fará no
que diz respeito ao livro como um todo. É
justamente a intensa capacidade de instigar
a sensibilidade, o pensamento e a imaginação que constitui um dos maiores encantos
de *Como deixei de ser Deus*.

Antonio Cicero

PEDRO MACIEL, segundo o poeta e tradutor Ivo Barroso, "nos faz acreditar que a literatura brasileira possa ainda apresentar alguma coisa de novo que, curiosamente, remonta à própria arte de escrever: o estilo. Seu primeiro romance, *A Hora dos Náufragos* (Bertrand Brasil, 2006), perturba pela força da linguagem. O que há de mais próximo desse livro seriam os famosos *fusées* de Baudelaire".